miiiiauu

Dirección editorial: Marcela Luza
Edición: Margarita Guglielmini y Nancy Boufflet
Armado: María Natalia Martínez
Colaboración en diseño e ilustraciones: Iván Batistutti

Argentina: San Martín 969 Piso 10 (C1004AAS), Buenos Aires
Tel./Fax: (54-11) 5352-9444 y rotativas • e-mail: editorial@vreditoras.com

México: Dakota 274, Colonia Nápoles - CP 03810 - Del. Benito Juárez, Ciudad de México • Tel./Fax: (5255) 5220-6620/6621 • 01800–543–4995
e-mail: editoras@vergarariba.com.mx

ISBN 978-987-747-249-3

Impreso en China • Printed in China
Febrero de 2017

García Bazterra, Lilia
Cruzar el río / Lilia García Bazterra; ilustrado por Myrian Bahntje.
1a ed. - Ciudad Autónoma de Buenos Aires: V&R, 2017.
32 p.: il. ; 20 x 20 cm.

ISBN 978-987-747-249-3

1. Narrativa Infantil Argentina. I. Bahntje, Myrian, ilus. II. Título.
CDD A863.9282

Cruzar el Río

LILIA GARCÍA BAZTERRA

Soy Pinky, la amiga de Vera.
Seguimos siendo amigas
aunque ella lo dude,
acurrucada en la soledad
de nuestro rincón.

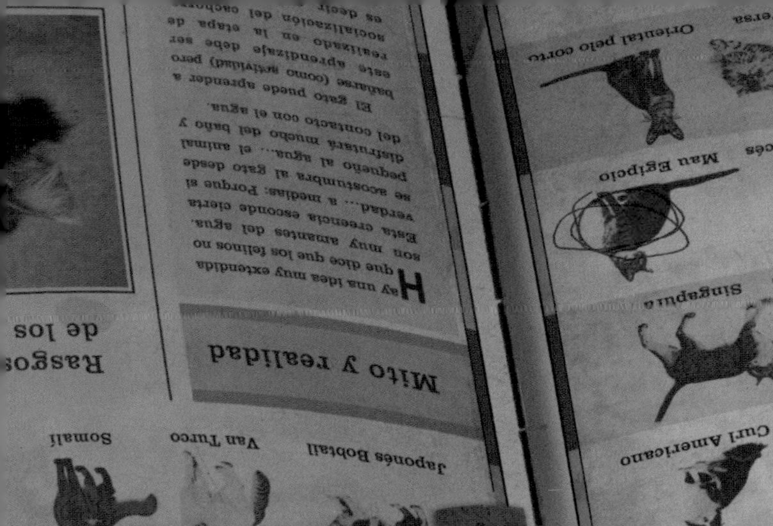

Fue Vera la que me dijo en secreto,
susurrándome cosquillas en la oreja,
que las manchas de mi lomo eran como alas.

Antes de encontrarme con Vera,
vivía entre gatos manchegos
de pura raza. A ninguno de ellos
le gustaban mis manchas:
yo las tengo en el lomo
y ellos, por todo el cuerpo.

Fue uno de mis hermanos el que me mantuvo siete días y siete noches abrazada a la rama de un árbol, patas arriba.

Decía que era para que las manchas del lomo se cayeran de maduras. Luego él se ocuparía de ponerlas en su lugar.

Eso duele, pero mi hermano
es súper inteligente y me explicó
cosas misteriosas, cosas de gatos
sagrados del Antiguo Egipto
y números mágicos,
especialmente el **7**.

¡Y fue al séptimo día que conocí a Vera!
Ella me descubrió ahí, cabeza abajo.
Me miró a los ojos. A las dos
nos costó reconocernos.

Todo hubiera sido más fácil, si supiéramos
mirar las cosas patas arriba, al revés
y a contramano, sin cerrar los ojos.

miiiiauuu
¡hola!
pinky

Trepó hasta mí, me abrazó y aseguró:
“¡Esto es una maravilla! Eres un prodigio. Eres
una gata con alas y estás posada en una rama”.

No entendí muy bien cómo es eso de estar posada,
porque dicen que solo los pájaros se posan.
Tal vez, haya más prodigios.

¿Y lo de las alas?...
Quizás mis manchas no son tan insoportables
como aseguran los gatos manchegos de pura raza.

Cuando Vera me dijo entusiasmada:
"¡Ven Pinky!... ¡Vamos a casa!",
me desprendí de la rama
y caminé muy oronda
junto a ella. Es lindo andar así,
una se apimpolla en una alegría
juguetona y traviesa.

¡Travesuras!
Travesuras es
lo que aprendimos
a hacer juntas.

Pero nosotras
no tuvimos la culpa.

Un día, de visita en su casa, la abuela me miró y dijo: "Estos bichos tienen siete vidas". Tal vez ella sabía que yo había tenido varias peleas con Rigoberto, ese gato pendenciero.

Tal vez ella lo sabía, pero no era para decir así, tan fresca, que yo era un bicho de siete vidas.

A veces, nos sentábamos
en la terraza a conversar.
Vera pensaba en voz alta
y yo podía conocer
todas sus penas.

Otras, me preguntaba en secreto qué significan algunas cosas de las que hablan los mayores y yo ronroneaba. ¿Qué le iba a decir?

Hasta ayer, fuimos inseparables.
Porque la quiero y sé que me extraña,
me gustaría llegar de alguna manera
prodigiosa hasta su cuarto para decirle
que ya no puedo volver a la terraza.

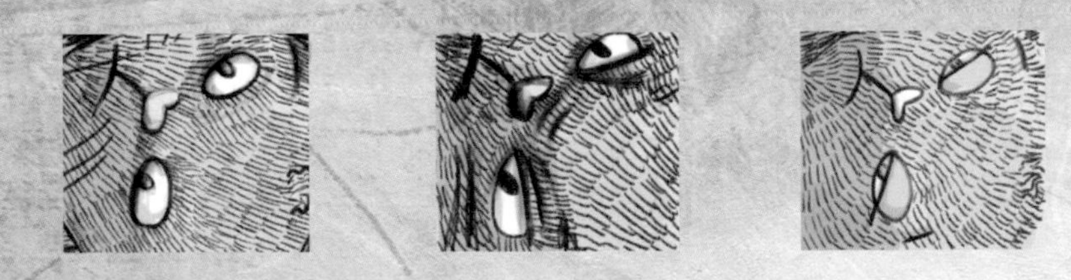

Tal vez ella me ayudaría a saber,
si acaso, mis vidas ya han sido siete.
Porque anoche Rigoberto me sorprendió
junto al río y me lastimó en el cuello.

Entonces, quise cruzar el río.
Estaba cruzando el agua,
solo por volver a casa.
Quise cruzar el río.
Quise encontrar su voz.
Quise apimpollarme oronda
camino a casa,
pero se me cruzó la muerte.
Así, como si nada.

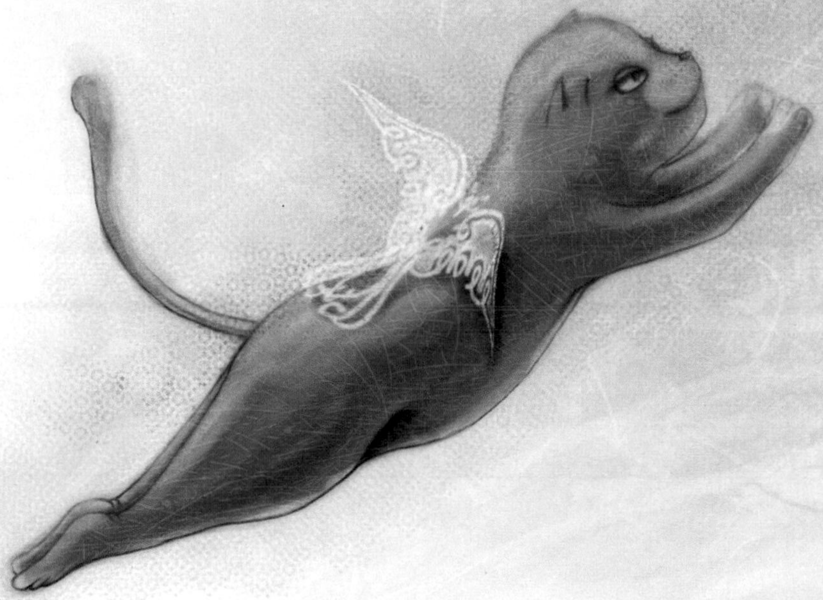

Era una muerte blanca que,
entre las piedras del río,
jugaba a las escondidas.
Muerte de simplemuerte,
cara de luna en el río.

¡hola, soy Lilia!

Adoro las mascotas. Resultaba difícil convencer a mis padres de llevar una a casa. Pero logré tener algunas: nueve gatos, tres palomas, cuatro perros, una oveja. Todas en la terraza de casa, pero cada una a su turno. Es cierto que algunos gatos se amontonaron y también algunas palomas. ¡Nunca palomas y gatos! En la terraza conversaba con Pinky durante horas. Allí también supe por mi abuela lo de las siete vida de los gatos y entendí la maravilla del lenguaje.
Nací y vivo en Bahía Blanca, Argentina. Actualmente colaboro con ALIJA, la Asociación de Literatura Infantil y Juvenil Argentina, y la Fundación El Libro de Buenos Aires. Participo en congresos y simposios nacionales y extranjeros. Escribo, investigo y realizo actividades de gestión cultural relacionadas con la lectura y la infancia.

Puedes conocer más sobre mí en: **www.liliagarciabazterra.com.ar**

¡hola, soy Myrian!

Nací un 2 de julio de 1970 en Bahía Blanca, Argentina. Desde muy chica dibujé y pinté, quizás como cualquier chico, pero el placer de estas actividades me acompañó más allá de la niñez. Fue entonces cuando decidí estudiar en la Escuela de Artes Visuales donde me recibí de profesora de pintura. La vida me fue acercando al mundo editorial y hoy disfruto de ser ilustradora además de trabajar como docente en la escuela de artes que me vio crecer.

Puedes conocer más sobre mí en: **www.myrianbahntje.com.ar**

¡Tu opinión es importante!

Escríbenos un e-mail a miopinion@vreditoras.com
con el título de este libro en el "Asunto".

Conócenos mejor en: www.vreditoras.com
facebook.com/vreditoras

¡hola!